Lo mejor de ti

Calmarse

Dona Herweck Rice

Asesora

Diana Herweck, Psy.D.

Créditos de publicación

Rachelle Cracchiolo, M.S.Ed., *Editora comercial*
Conni Medina, M.A.Ed., *Gerente editorial*
Nika Fabienke, Ed.D., *Realizadora de la serie*
June Kikuchi, *Directora de contenido*
Caroline Gasca, M.S.Ed., *Editora superior*
Sam Morales, M.A., *Editor asociado*
John Leach, *Editor asistente*
Kevin Pham, *Diseñador gráfico*
Jill Malcolm, *Diseñadora gráfica básica*

Créditos de imágenes: Todas las imágenes de iStock y/o Shutterstock.

Library of Congress Cataloging-in-Publication Data

Names: Rice, Dona, author.
Title: Lo mejor de ti : calmarse / Dona Herweck Rice.
Other titles: Best you. Spanish
Description: Huntington Beach, CA : Teacher Created Materials, [2018] | Identifiers: LCCN 2018008980 (print) | LCCN 2018012423 (ebook) | ISBN 9781425835392 (ebook) | ISBN 9781425826963 (pbk.)
Subjects: LCSH: Calmness--Juvenile literature. | Emotions--Juvenile literature.
Classification: LCC BF575.C35 (ebook) | LCC BF575.C35 R5318 2018 (print) | DDC 155.42/4247--dc23
LC record available at https://lccn.loc.gov/2018008980

Teacher Created Materials
5301 Oceanus Drive
Huntington Beach, CA 92649-1030
www.tcmpub.com

ISBN 978-1-4258-2696-3

Printed in China
Nordica.102018.CA21801130

Contenido

¡Enojado!

Tu respiración se acelera, te **enrojeces** y sientes calor.
Tus manos se cierran en forma de puños.

Quieres gritar.
¿Qué te está pasando?
¡Te sientes enojado!

Tienes el control

Todos nos enojamos.
El enojo es un sentimiento normal.
Puedes elegir qué hacer con ello.

Tú controlas tus sentimientos.
Tus sentimientos no te controlan a ti.

Cuando estás enojado, algunas decisiones te hacen sentir mejor. Algunas decisiones te hacen sentir peor.

Hacer un **berrinche** no
está bien.
Puedes lastimar a los
demás.
¿Qué puedes hacer para
sentirte mejor?

Toma buenas decisiones

Hay muchas buenas decisiones que puedes tomar cuando te sientes enojado.

Las próximas páginas están llenas de ideas que puedes probar.
¡Pruébalas todas, y fíjate en qué funciona mejor para ti!

Respirar

Una forma sencilla de calmarse es respirar profundamente. Puedes hacerlo en cualquier lugar.

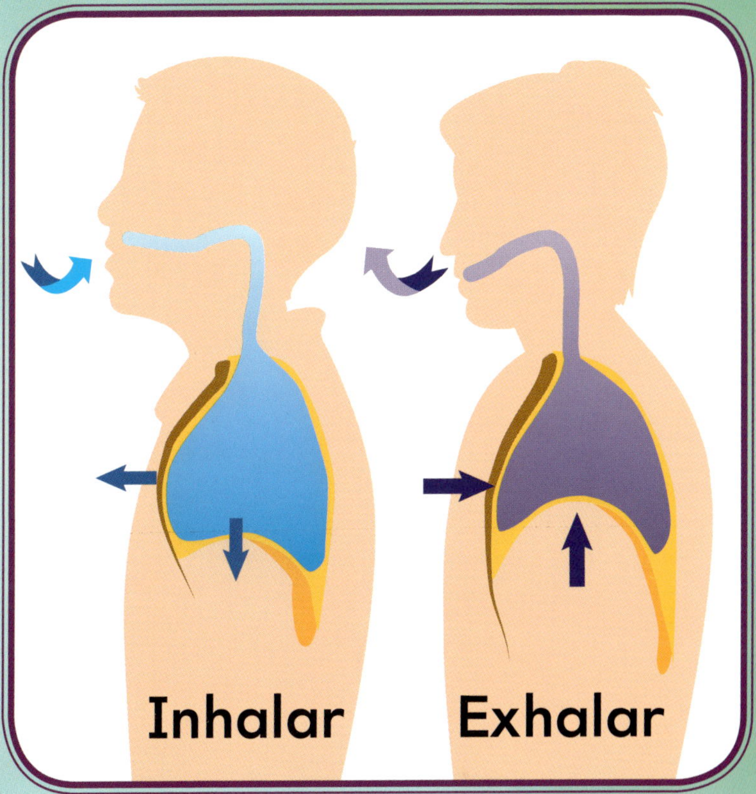

Inhala lentamente a través de tu nariz y exhala a través de tu boca. Hazlo varias veces hasta que comiences a calmarte.

Reflexionar

Reflexionar también es algo fácil de hacer.
Háblate a ti mismo sobre estar calmado.
Usa un tono **amable**.

Di a ti mismo: "Cálmate".
Di: "Todo estará bien".
No necesitas decir estas cosas en voz alta.

Contar

Contar del 1 al 10 funciona para muchas personas. Es todo lo que debes hacer.

Cuenta lentamente.
Esto te puede ayudar a calmarte.
Si lo necesitas, cuenta hasta el 10 otra vez.

Correr

¿Te gusta correr?
Correr es algo muy bueno que puedes hacer cuando te sientes enojado.

Correr te puede ayudar a calmarte.
¡Correr también es bueno para ti!

Yoga

Muchos tipos de ejercicio te ayudan a calmarte. El **yoga** es una buena elección.

En el yoga pones tu cuerpo en diferentes posturas.
Mantienes cada postura por un tiempo.
Respiras con calma.

¡Puedes hacerlo!

No está mal sentirse enojado. Calmarse es la mejor elección para ti y para quienes te rodean.

Puedes hacerlo.
¡Recuerda que tú tienes el control!

Glosario

amable

berrinche

enrojeces

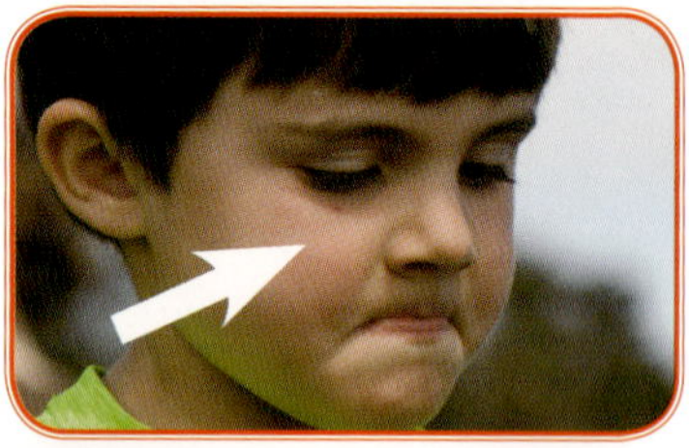

reflexionar

yoga